1.ª edición: septiembre 2017
2.ª edición: enero 2022

© Del texto: Sagrario Pinto y M.ª Isabel Fuentes, 2017
© De la ilustración: Lucía Serrano, 2017
© Grupo Anaya, S. A., 2017
Juan Ignacio Luca de Tena, 15. 28027 Madrid
www.anayainfantilyjuvenil.com
e-mail: anayainfantilyjuvenil@anaya.es

Diseño: Alejandra Navarro

ISBN: 978-84-698-3361-2
Depósito legal: M-13776-2017
Impreso en España - Printed in Spain

Las normas ortográficas seguidas son las establecidas
por la Real Academia Española en la
Ortografía de la lengua española, publicada en el año 2010.

Reservados todos los derechos. El contenido de esta obra está protegido por la Ley, que establece penas de prisión y/o multas, además de las correspondientes indemnizaciones por daños y perjuicios, para quienes reprodujeren, plagiaren, distribuyeren o comunicaren públicamente, en todo o en parte, una obra literaria, artística o científica, o su transformación, interpretación o ejecución artística fijada en cualquier tipo de soporte o comunicada a través de cualquier medio, sin la preceptiva autorización.

Sagrario Pinto · M.ª Isabel Fuentes

El mundo animal

Ilustraciones de Lucía Serrano

¡Qué buen *diente*!

Son unos dientes enormes,
fuertes, curvos, y afilados,
¡los colmillos de elefante!
¿Has visto dientes más largos?

¿Cuántos dientes tienes tú?
¡El tiburón tiene tantos
que tardarás mucho tiempo
si te pones a contarlos!

Cuestión de *tamaños*

¿Te gustan los huevos fritos?
¿Prefieres una tortilla?
¡Con un huevo de avestruz
come toda una familia!

Y en la palma de tu mano
cabe una familia entera:
es la del pájaro mosca,
que es el ave más pequeña.

¡Todo corazón!

La enorme ballena azul
tiene un corazón gigante.
¡Es tan grande como un coche!
Es… ¡como un bebé elefante!

Animales cariñosos,
como el pulpo no hay ninguno:
en lugar de un corazón,
tiene tres (¡son dos más uno!).

¡Saca la lengua!

Ni un insecto se le escapa
al sagaz camaleón:
se camufla y, luego, ¡zas!:
¡lanza su lengua veloz!

Este oso con las uñas
escarba en los agujeros
y con su lengua larguísima
se merienda un hormiguero.

Animales luminosos

¿Te asusta la oscuridad?
Habla con el pez linterna.
Nunca le falta la luz,
¡nada con las pilas puestas!

¿Animales con luz propia?
Busca en el fondo del mar.
¡Allí viven calamares
que deslumbran al pasar!

Nunca persigas a un búho,
¡siempre te descubrirá!
Puede girar la cabeza
y mirarte por detrás.

¡Son *únicos*!

Tiene cola de castor,
pies de pato, un gran hocico,
pone huevos, toma leche...
¡Qué raro el ornitorrinco!

¡A **saltar** sin parar!

El campeón de los saltos
es el canguro de Australia.
Salta lejos, salta rápido…
¡Parece una goma elástica!

Y esta ranita curiosa
se parece al hombre araña,
puede pegar grandes saltos
y hasta trepar por las ramas.

¡Cómo son!

Las serpientes son coquetas,
por eso cambian de piel.
Lucen sus camisas nuevas
y, a veces, un cascabel.

La anaconda es la más grande,
larga como un autobús.
¡Si se cruza en tu camino,
puede darte un patatús!

¡Aves muy especiales!

Dicen que el pingüino es torpe
porque no sabe volar,
pero es un ave elegante:
siempre lleva puesto el frac.

Y el más parlanchín, el loro.
Cotorrea sin parar.
¿Qué le contará al pirata
cuando sale a navegar?

¡Qué exquisitos!

No invites al oso panda
si no te queda bambú.
No le hará ninguna gracia
si le das otro menú.

Solo hojitas de eucalipto
quiere comer el koala.
Es lo que más le apetece…
¡Y una siesta entre las ramas!

Escucha, escucha...

Unos le dicen que es muda;
otros, que habla muy bajito…
Pero nunca le dirán:
¡Jirafa, no pegues gritos!

Sin embargo, no hay quien duerma
si el vecino es un león.
¡Su rugido es tan potente
como el ruido de un cañón!

Actividades

Juega con las palabras, desarrolla tu ingenio y tu creatividad a través de rimas sencillas que te acercan al mundo de los animales:

- Di, ¿qué puede medir más que un colmillo de elefante: un lápiz, una pulsera, o el castillo de un gigante? Y ¿quién tiene muchos dientes, sin que sea un tiburón: una jirafa, una mosca o un simpático ratón?

- Y ahora que has acertado, ¿tú me podrías decir cuál es el ave más grande: el águila o la perdiz?

- ¿Te gustan los animales?
  ¿Tendrán, todos, corazón?
  La medusa no lo tiene, hazle
  uno y dáselo.

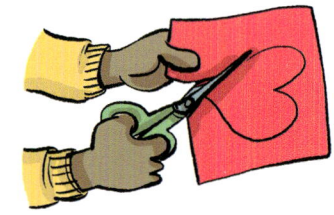

- Sé que tu lengua no es larga, ¡no eres un camaleón!; pero puedes entrenarla para ser un campeón. Aprende este trabalenguas y luego, recítalo.

Desenrolla como un rayo
la lengua el camaleón.
Larga lengua desenrolla
y la enrolla aún más veloz.

- No hace falta que te preste su lámpara el pez linterna, seguro que tienes una, juega y haz sombras chinescas.

- Si encuentras una huevera grandecita de cartón, podrás hacer tu anaconda o una serpiente pitón:
    1. Recorta una fila larga.
    2. Pinta con témpera verde.
    3. La lengua, de cartulina.
    4. Ponle ojitos y… ¡Serpiente!

- Tú no eres un oso panda, ni un koala. ¡Ya lo sé! ¿Pero qué caprichos tienes a la hora de comer? Piensa un poco y dime tres.

- Y ya, para terminar, ruge, ladra y maúlla, muge, ponte a rebuznar… y podrás comunicarte con todo el reino animal.